평담선사 제 17시집

해찰부리지 말고

설 영 익 지음

아트하우스출판사

자서自序

어릴 때
정겹게 사용하던 흔흔한 내 고향 말들
전남 진도군 지산면 인지리 인천 말들이
문명이라는 기계 때문에 쓸쓸히 사라져 간다.
평담선사는
이 외국어 같은 말들을 자손들에게 알리고 싶어서 필을 들었다.

이 시는 나의 자손들을 생각하며 쓴 시다.
서울에서 태어난 그들은 내가 한 말의 의미를
같은 땅에서 살지만 잘 이해하지 못할 것이다.
하지만 언젠가는 정겨운 말로 되살아날 것이다.

어렸을 적에 사용되는 말이 사라지는 데도 상실감을 느끼지 않는
것은
문화와 통일성, 표준, 지적인 세련미라는 굴레에 묶여버려
물이 끓어오르는 가마솥의 개구리처럼 그렇게 사는 것은 아닐까?

돈을 잃고 재산을 강탈당했다면, 생명도 내놓았을 것인데,
사라지는 것은 진정 아름답기 때문일까?
사라지는 것이 표준보다 못해서일까?
내 인생의 사상의 골조들이 허물어져 가는 것이 문화인이 되는
길인가?

나를 형성했던 언어의 철학 광장이
그때 그 말들이
너무나
그리워---

정이 쌓여있고 혼이 묻어있는 말들아
나는
정 때문에
차마 너를 놓아버리기 싫어 자손들에게 알리고 싶다.

문화인이 되는 것이
옛말을 버리는 것이더냐?
부부가 세련되지 못했다고 해서
헤어져야 하는 것이더냐?

차례

I. 함께 허무철학

II. 한뿔떼기

III. 부난빠진

IV. 역불로

V. 영글다

I. 함께 허무철학

1. 함께 허무철학

이웃집 함쎄[1]가
부삭[2]에서 쇠죽을
끓일 때면 비땅[3]을
탁탁 치고 하시는 말씀
시상[4]이 빠르기도 하다
네가 느그들[5] 만한 때가
엊그제 같은데
시상사[6] 쓸데없더라

---

1) 할머니.
2) 아궁이.
3) 부지깽이.
4) 세상.
5) 너희들.
6) 세상사.

2. 해찰부리지 말고

아야
해찰부리지[7] 말고
고네기[8]에다
지쪽[9] 담아서
얼릉[10]
논에 가져와라
실참[11] 먹게
이잉

---

7) 게으르지.
8) 항아리.
9) 깍두기.
10) 빨리.
11) 새참.

3. 속창아지

낫살¹²⁾을 먹었으면
사람이 되야지¹³⁾
깡냉이¹⁴⁾를
느그¹⁵⁾ 님¹⁶⁾도 안 주고
동상¹⁷⁾들도 안 주고
너만 먹냐
속창아지¹⁸⁾
빠진 것아

---

12) 나잇살.
13) 되어야지.
14) 옥수수.
15) 너희.
16) 누님.
17) 동생.
18) 창자.

4. 야올아져서

할머니가 오셨다
외손자를 보시고
눈시울을 적시면서
울먹거린다
정겨운
그 말씀
내새끼야
허천나게[19] 먹는데
너는 야올기만 하냐[20]

---

19) 정신없이.
20) 살이 안 찌냐.

5. 얼릉

아따
얼릉[21]
도개집[22]에 담박질[23] 해 가서[24]
막걸리 사가지고 와서
우게집[25] 아짐[26]주고
정제[27]가서
짐치[28] 빈 통에 넣어놓고
후딱[29] 달려와
소 띠끼러[30] 가거라
장가[31]의 하루일과는 늘 얼릉

---

21) 빨리.
22) 주조장.
23) 달음질.
24) 하여 가서.
25) 윗집.
26) 아주머니.
27) 부엌.
28) 김치.
29) 신속하게/빨리.
30) 풀 먹이러.
31) 둘째 딸.

6. 초꼬지

저녁이면
초꼬지[32]에
불 켜놓고
그으름 맡아가며
가갸 거겨
고교 구규를
하납씨[33]한테
배우던 시절도
추억의 흔적으로
남아있다

---

32) 등잔불.
33) 할아버지.

7. 실참

낼 아적34)에 올 때
또가리35)해서
머리에 이고
갱번36)에 와서
운조리37)하고
반지락38) 초장해서
실참39) 먹게 해라
그 시절은 어디로 갔나

---

34) 내일 아침.
35) 짐을 머리에 일 때 머리에 받치는 고리 모양의 물건(짚이나 천을 틀어
    서 만든다)/둥글게 빙빙 틀어놓은 것 또는 그런 모양.
36) 강변/갯가.
37) 망둥어.
38) 바지락.
39) 새참.

8. 도구통

마당 한삐짝40)에 놓여진
도구통41)은
여름만 되면
수고로움이 많다

아집씨42)
아잡씨43)들이 와서
보리가 하얗게 되도록
내리찧어도
한마디 말도 없이
하늘을 향해 입만 벌리고
웃고만 있는 너는
정말로44) 배가 고픈건가

---

40) 한쪽.
41) 절구통.
42) 아주머니.
43) 아저씨.
44) 참으로.

해찰부리지 말고

9. 몽니

밤이 되면
형들은
거나해진다
막걸리에
댜지[45] 안주
한잔하고
호기롭게
힘 자랑한다

저 담벼락
자빨세[46] 버리세
형들의 몽니[47]는
송아지 뿔나오는
시기였다

---

45) 돼지.
46) 밀어버리다.
47) 고집.

10. 무자게

갓짐[48]에
콩 볶은 것 넣고
한 알만 주라고 해도
저 혼자만 먹고
들은 체도 않더니
샛뿌닥[49]에 종기가 나서
무자게[50] 고상[51] 했다네
놈[52]도 안 주고
지만[53] 먹으면
벌 받은당께[54]
그 친구는
꼬꼽쟁이[55]

---

48) 호주머니.
49) 혓바닥.
50) 엄청나게.
51) 고생.
52) 남/타인.
53) 자기만.
54) 다니까.
55) 구두쇠.

해찰부리지 말고

11. 새꽉

학교 갔다 오는 날이면
새꽉56)에 친구들이
어김없이 찾아와서
귀경57)한다

엄메58)에게
인사하는 모습을
보고싶어서이다

엄메
학교 갔다 왔당께59)
친구들에게는
신기한 구경거리였다

---

56) 집 앞/대문 앞.
57) 구경.
58) 엄마/어머니.
59) 왔어요.

함쎄 허무철학   23

12. 지시락

해마다
겨울
눈보라가 몰아치는
동지섣달이 되면
지시락60) 밑엔
긴 고드름이 하얀 고추처럼
매달려 있다
비땅61)으로
탁
때려 떨어지면
무공해 자연
아이스케키
탄소중립 제품이다

---

60) 초가집 처마.
61) 부지깽이.

24

13. 하납씨

하납씨[62]가 지게지고 오신다
나는 공손히 인사한다
진지잡수셨습닌져?[63]

---

62) 할아버지.
63) 조반 잡수셨습니까?.

14. 아적

부잡스런[64] 놈이
아적[65]이나 먹고
장에나 가제[66]
뭐[67] 할라고[68] 밥도
안 먹고 서둘기만
한다냐
아적 안 먹으면
질[69] 가다가
어푸러진다[70]

---

64) 주변이 산만한.
65) 아침.
66) 가지.
67) 무엇.
68) 하려고.
69) 길.
70) 넘어진다.

15. 지발

지발[71]-- 말을 하면
건더꿀[72]로 듣지 말고
자상[73]하게 들어라
이
잘 될 놈아

---

71) 제발.
72) 건성건성.
73) 자세하게.

16. 멜갑시

언니 멜갑시[74]
트집 잡지 말아요

하루하루
지나면
과거사
다
잊어버린당께[75]
세상사
그냥
잊어버리고 살아요

---

74) 괜히.
75) 잊어버린다니까.

해찰부리지 말고

17. 새내끼

가실[76]할 때가 되어
들판엔 노란 황금이
좌악
깔려 있다

시상에[77]
보기도 좋은 것을
아야
이것이
황금이 아니냐
먹는 황금

저걸
집에 가져올라고 하면
새내끼[78]를 꽈야 된당께[79]

---

76) 가을 추수.
77) 세상에.
78) 새끼.
79) 된다니까.

18. 샥신

장마철이 되고 보니
그동안 일에
골병이 들었는지
새벽만 되면
샥신이[80] 저리고 쑤시고
아야 아이고 내 팔자야

새벽
동트기 전에
비만 오면
한 번쯤은 들려오는
철학이 있는 노래
혼이 있는 가사
뼈 아픈 노래
정다운 그 노래
싹쓸바람 따라가버렸나

---

80) 온몸이.

해찰부리지 말고

19. 뗌마

방학이 되면
목포에서 소포로
옥소호를 타고
설레는 가슴 보듬고
'남진'의 가슴 아프게를 들으며
옥소호에서 뗌마[81]로
내리는데
아무도 무서워하지 않고
뛰어내린다
애기 업은 새댁이
발을 헛디디면
어쩌나
괜한 걱정은
예나 지금이나

---

81) 엔진 없이 노 젓는 배.

20. 멀크락

째깍째깍
엿장수가 오는 날이면
초가 처마 속에
숨겨놓았던
멀크락82) 들고
엿을 사먹으러 간다
멀크락은 엿이다
검정엿이다

---

82) 머리카락.

II. 한뼘떼기

21. 한뿔때기

시상에
우게집[83]
아짐씨[84]네
니살[85] 먹은 니바[86]가

저 먹을 것
안 먹고
한뿔때기[87]도 안 되는
짐밥[88]을

장가[89]하고 오바[90]하고
나눠 먹었당께
사람 될 놈은
떡잎부터 다르당께[91]

---

83) 윗집.
84) 아주머니.
85) 네 살.
86) 넷째 아들.
87) 한 움큼.
88) 김밥.
89) 둘째 딸.
90) 다섯째 아들.
91) 다르다니까.

22. 막캥이

이북
막캥이[92] 같은 놈들하고는
말이 안 통해
막두[93] 같은 넘[94]들한테는
정신 빠딱[95]차리게
도팍[96]으로
골박[97]을 때려야 된당께[98]

---

92) 앞뒤가 막힘/말이 통하지 않음.
93) 예의범절이 없는 사람.
94) 놈.
95) 번쩍.
96) 돌.
97) 머리통.
98) 된다니까.

해찰부리지 말고

23. 뭣 땜시

뭣 땜시[99)]
해찰부리냐
몰국[100)]은
댜지[101)] 밥통에 부서버리고
경 시칠라면[102)]
건더꿀[103)]로 하지 말고
꾸정물[104)] 잘 버리고
행짓베[105)]로 잘 따까서[106)]
정제[107)]에 두거라
마음을 보는 것도
건더꿀로 보면
안개같이 보인당께

---

99) 무엇 때문에.
100) 국물.
101) 돼지.
102) 설거지하려면.
103) 건성건성.
104) 구정물/설거지한 더러운 물.
105) 설거지하는 헝겊/행주.
106) 씻어서.
107) 부엌.

24. 쌘악쟁이

그랑께 말이요[108) 얼척도 없제[109)
그 김여정인가
쌘악쟁이[110)가
삶은 소대가리라고 해도
오살넘들[111)은
한마디 말도 못한당께[112)
속 터져 죽겄다[113)야
즈그[114)배만 불리고
백성들은
다 굶겨 죽인당께[115)
속창아지[116)도 없다야

---

108) 그러니까.
109) 어처구니 없다.
110) 사나운 여자.
111) 말썽꾸러기/말을 무척 안 듣는 사람/나쁜 놈들.
112) 못하니까.
113) 죽겠다.
114) 자기.
115) 죽인다야.
116) 창자.

25. 고망고망

아따
서울에서 온
아잡씨[117] 애기들이
어짜면[118]
그렇게도 이쁘냐
낫부닥[119]도 하양고
키도
고망고망[120]한데
인사도 잘하고
말도 잘하는 것 본께
즈그아베[121]
꼭 탁했어

---

117) 아저씨.
118) 어쩌면.
119) 얼굴.
120) 크기가 비슷함.
121) 자기 아버지.

26. 느그 아베 탁해서

큰놈[122]아
두바[123]야
시바[124]야
니바[125]야

어짜믄[126]
느그들[127] 하는 행삭[128]이
느그[129] 아베[130] 탁해서[131]
고렇게도[132]
이시렁하냐[133]

---

122) 첫째 아들.
123) 둘째 아들.
124) 셋째 아들.
125) 넷째 아들.
126) 어쩌면.
127) 너희들.
128) 행동.
129) 너희.
130) 아버지.
131) 닮아서.
132) 그렇게도.
133) 풀이 죽은 모양/씩씩하지 못한 모습.

27. 샹치

배추 모종 심어놓고
고구마 심어놓았더니
간데 집[134] 아잡씨네
샹치[135]가 와서
헝클어놓고
뻐들어지게[136]
누워있네
오살것들[137]
가히
득도의 삼매경일세

---

134) 가운데 집.
135) 송아지.
136) 한가롭게 누워있는 모습.
137) 말썽꾸러기/말을 무척 안 듣는 사람/나쁜 놈들.

28. 오살넘들

요새
국개의원[138]은
하란 일[139]은 안 하고
시붕기리기만[140] 하고
순전히 남 탓만 하고
지탓[141]은 안 혀[142]
오살넘들[143]

---

138) 국회의원.
139) 해야 할 일.
140) 쓸데없는 말.
141) 자기 탓.
142) 안 해.
143) 말썽꾸러기/말을 무척 안 듣는 사람/나쁜 놈들.

해찰부리지 말고

29. 어푸러지믄

한 번 어푸러지고[144)
두 번 어푸러지고
상시 번[145) 어푸러져도
야무지게[146)
다시 일어나서
걸어가야
머이마다[147)

---

144) 넘어지고.
145) 세 번까지.
146) 당차게/똘똘하게.
147) 사내남자다.

30. 뽈깡

아랫배에 힘을 주고
뽈깡148) 들어라
심149)이 없는 사람은
배 창시150)에 힘을 주어야
뽈깡151) 들어진다
뱃속 창시가 지름테기152)가
엄청 차있을 땐
뽈깡 들었다 놓기를
여러 번 하면
배가 홀쭉해진다
비만 해결의 최고 운동
뽈깡 운동

---

148) 힘껏.
149) 힘.
150) 창자.
151) 번쩍.
152) 기름기.

해찰부리지 말고

31. 영금

편안할 때는
하나님도 안 찾다가
재산 다 날리고
영금보더니[153]
몸뚱아리[154]가 병이 들어
시름시름
앓고 있지만
막다른 골목에서는
통하는 법이 있어
실망하지 말아

---

153) 혼나더니.
154) 온몸.

32. 끈타불

하나님 아버지와
죄인을 연결하여
하나가 되게 하신
끈타불[155]이
예수님이시다

---

155) 끈(매는 줄).

33. 까잘종이

배추 모판을 만들고
밭에 옮겨 심는데
잘 크고 튼실하려면
까잘종이156)를 덮어야 한다

잡초도 덜 나고157)
물기도 잡아놓고
땅 속살의 온도도
높여주니

까잘종이는
농사꾼의 만능
보조자여

---

156) 비닐.
157) 적게 난다.

34. 칫간

신묘한 아이디어와
기발한 착상은
칫간[158)]에서 나온다고
선상님[159)]이 말했당께

---

158) 농촌 화장실.
159) 선생님.

35. 가이(시)나들

추석명절이면
뒷동산에 올라
가이나들160)이 강강수월래로
청춘을 만끽한다
보름달의 즐거움에
취하여 밤이 새는 줄도 모르고
새벽이슬이 내려야
삼삼오오
집으로 간다
가이나들의 노래 속에는
애절한 사랑의 눈물이
소리로 녹아있다

---

160) 여자 아이들.

36. 훌러다가

다람쥐가 월동양식으로
가실[161] 낙엽 속에 숨겨놓은
도토리와 밤을
훌러다가[162] 먹은 애들은
지금
재판도 받지 않고
버젓이 돌아다니고
지름테기[163]가 반지르르 하다
그 해
다람쥐는 배가 고파서
병이 들었다는데

---

161) 가을.
162) 훔쳐다가.
163) 기름기.

37. 달박질

면 체육대회가 열리면
동네에서 달박질164) 잘하는
성님165)들의 인기가
햇불처럼 솟아오른다

달박질은 목표를 향하여
집중하고 혼신의 힘을
기울여야 한다

신앙의 길은
달박질의 길이당께

---

164) 달리기.
165) 형님.

38. 구녕

하늘로 올라가는 구녕166)이 있다
오리온 성좌의 열린 구녕을 통하여
거룩한 도성이 내려오는
지구 역사상 가장 드라마틱한 사건이
일어난다
오색찬란한 빛은
파도처럼 밀려오고
간담이 서늘할 정도로
압도적인 빛의 황홀한 정경은
심장을 오그라167)지게 한다

---

166) 구멍.
167) 조임.

39. 야발

다니엘이 자기 민족의 장래를
알기 위하여 기도할 때
가브리엘이 내려왔지만
마귀의 군세가 강성하여
기도의 응답이 지체된다

하늘의 군장
미카엘이 나타나니
야발 떨던[168) 사단의 군세가
무력해지고 다니엘의
부르짖는 기도는 응답이 되었구나

---

168) 쓰잘데기없는.

40. 엘곤

4일장이면 소포리에서
사촌 외할아버지가
가끔 오시는데
하얀 중우적삼을 걸치고
나타나는 모습을 멀리서
보면
엘곤169)하게 가슴이 뛴다
붕에170) 빵을 먹을 것 같은
설레임
가슴이 뛰는 예감이다

---

169) 혹시나.
170) 붕어.

III. 부난빠진

41. 부난빠진

정치를 잘하라고
국회의원 뽑아 주었더니
국민을 위한 생각은 안 하고
당리당략에 나라만 멍들고
백성들의 가슴은 하루도
편한 날이 없으니
부난빠진[171] 것들이 해외 시찰한다고 해놓고
술 처먹고 술병들고 귀국하니
아서라
시의원 도의원 국회의원
쓸만한 놈이 없다
민심은 하얀
연기만 피어나고
나라 걱정에
주름살만 늘어간다

---

171) 엉뚱한.

42. 우게집

우게집172)은 아침부터 밤까지
소란한 장터다
욕설이 난무하는
난장판
조선시대의 막말이 판을 치고 있다
아따
새벽부터 귀를 어지럽히는 말은
좀 하지 않았으면
세뇌가 된 나의 뇌는
욕설이 음악이 되었다

---

172) 윗집.

43. 부잡스런

사람이 친구를 잘 만나는 것은
인생행로에 귀한 보물이다
목표가 뚜렷하고
심지가 침착하고
묵직한 비젼을 가지고 살면
부잡스런[173] 행동은
갈 길을 잃어버리제[174]

---

173) 주변이 산만한.
174) 잃어버린다.

44. 낼 아적

하늘을 여행하는 길은
오직
믿음이라는 배를 타고
가야 한다

선장은 예수님이다
선장의 말을 믿어야
불안 초조 근심 걱정이 자리잡을 길이 없다

오늘 아적도 선장과 대화가 필요하지만
낼 아적175)에도 선장의 보호는 필연으로
다가와야 한다

---

175) 내일 아침.

45. 떠댕기니라고

큰 놈은 시상[176]에 착실하고 얌전하당께[177]
고란데[178]
자근 놈은 성질이 징하게[179] 급하당께[180]
고놈은 카만[181] 있지를 모타고[182] 보지란[183] 하고
일 한번 시키면 떠댕기면서[184] 하는데
누가 저놈 각시가 될 랑가[185]
다덜[186] 알 것이네만
사람 앞날은 몰루제만[187]
잘 살 것 갓당께[188]
부모한테 물려받은 것 없으면
열심히 노력해서 지[189] 앞길 개척해야 제[190]

---

176) 세상에.
177) 얌전하다. ~당께. 말이 끝나는 끝맺음에 사용됨.
178) 그런데.
179) 어떤 사람의 성질 따위가 끈질기다.
180) 빠르다/신속하다/참을성이 부족하다/다혈질이다.
181) 가만히.
182) 못하고.
183) 부지런.
184) 뛰어다니면서.
185) 될 것인가?.
186) 모두/여러분.
187) 모르지만.
188) 갔다. 말이 끝나는 끝맺음에 주로 사용됨.
189) 자기.
190) 지/~하제/~제. 일반적으로 말이 끝나는 끝맺음에 주로 사용됨.

46. 당글게

아궁이가 변비에 걸리면
웃묵은 물기가 흐르고
아랫묵은 차거워진다
솥은 오랜 시간
불을 때야 밥을 할 수 있다
아궁이를 변비로부터
해방시키는
당글게[191]는
내시경이다

당글게로 하루 한 번씩은
어김없어 아궁이의 변비를
해소하고 나면
방안이 훈훈하고
솥은 즐거워
피익 피익
노래를 부른다

---

191) 아궁이에서 재 긁어내는 도구.

47. 뻐드러져

싹쓸바람
태풍이 불어왔다
곱게 자란 아까바리
밥맛도 좋은데
어쩐다냐[192] 지멋대로[193]
자빠져[194] 있다
비가 오기 전에
거둬들여야 되는데
미친 넘들[195]
뻐드려져[196] 잠만 자고
있으니
이 시상[197]을 어찌할꼬

---

192) 어떻게 하느냐.
193) 제멋대로.
194) 누워있다.
195) 미친 놈들.
196) 나뒹굴어/제멋대로/할일없이 누워있는 모습.
197) 세상.

부난빠진

48. 오시롬

아따
홍시가 되어
곡간에 놓아두니
오시롬[198]하구나

성제[199]들도 모이면
오시롬하니
얼마나 좋것냐[200]

---

198) 보기 좋게 모아져 있다.
199) 형제.
200) 좋겠느냐.

49. 또가리

두개골은
언제나 고통스럽다
그것도 백회혈은
자극이 너무 강하다
전신에 경혈의 총대장
백회혈을 경호하라
비록 짚으로 만들어졌지만
또가리201)야
너는 보이지 않는
경호대장
겸
왕관이다

---

201) 머리에 물건을 이고 갈 때 받치는 도구.

50. 갱번

갱번[202]은 허기에 지친
사람들에게
부엌이다
갱번에 가면
기다렸다는 듯
기[203], 반지락[204], 조개
낙지, 새비[205], 뻘떡기[206]가

썰물이 되면
나의 손길을 기다렸다는 듯
대기하고 있다
갱번은 가뭄이 없는
풍요한 농장이다

---

202) 가까운 바다(썰물 때 갯벌이 드러나는 바다).
203) 게.
204) 바지락.
205) 새우.
206) 꽃게.

51. 동냥치

태양이 살포시
수줍은 듯 고개를 들어올리는
아적207)이 되면
찾아오는 귀한 손님이 있다
밤새도록
긴 밤을 어떻게 보냈는지
헝클어진 머리
노란 눈꼽
퉁퉁 부은 우게 눈꺼풀208)을 하고
한상 차려주면
눈 깜짝할 사이
상을 청소하고 일어서서
잘 먹었습니다 하고
정처 없이 길을 떠나는
한량거사
동냥치209)

---

207) 아침.
208) 윗 눈꺼풀/상안검.
209) 거지.

52. 꼬꼽쟁이

아브라함은 질[210] 가던
나그네를 불러들여
발을 씻겨주고
살진 송아지를 잡아
대접한 희귀하고 묘한 사람이다

그의 신묘함은
너그러움에 있다
예나 이제나
하늘을 움직일 수 있는
인물들은
꼬꼽쟁이[211]가 아니었다

---

210) 길.
211) 구두쇠.

53. 비땅

불타오르는 화마
어지럽게 흩어져 있는
나무들과 낙엽들
서로 먼저
뜨거움을 맛보고
태워지고자
몸부림친다

밟히고 헤쳐지고
무더기로 쌓이고
가관이다

사헌부 같은 질서가
요구된다
난장판으로 어지럽힌
곳에 정의의 사자
비땅212)이다

---

212) 부지깽이.

54. 사탕 찌잇대(씻대)

달콤한 낭만을 먹고 있다
땅에서 나온 달콤함
뱃속이 어지럽거든
씻대213)껍질을 먹어라
저혈당에 조탕께214)

---

213) 사탕 수수대.
214) 좋다니까.

55. 소 깨피

그대
소울음 소리를 들었는가
생사가 한꺼번에
흔적 없이 사라지는데
그
소 깨피[215]를
뭣[216] 땜시[217] 들고 있당가

---

215) 소를 끌고 다니는 줄(소줄).
216) 무엇.
217) 때문에.

56. 바작

10리 바깥에 있는 밭을
잘 가꾸기 위해서는
거름이 필요하다
칙(칫)간[218]에서
잘 비벼지고
하얀 효소로 덮힌 거름을
바작[219]에 가득히 담아
밭에 뿌려야 한다
바작은 밭의 후방 군수지원사령부

---

218) 재래식 화장실.
219) 지게에 짐을 넣는 송편처럼 생긴 것.

57. 때꼬리

인생에 때꼬리[220]가 있어야
이혼이 줄어든다
의견 충돌이 난무하여
전쟁이 치열한 가정에는
때꼬리가 있으면
부부싸움은
칼로 물을 베는 것과 같다
때꼬리 때문에
짐이 안 넘어지듯
자석[221]들은 서방, 각시의 때꼬리다

---

220) 지게에 물건을 얹어 놓고 묶는 줄.
221) 자식.

58. 경 시칠라믄

경을 잘 시칠라믄[222]
물에 담가두었다가
씻어야 깨끗하게 씻을 수 있다
꾸정물[223]로 하면
경[224]을 씻으나 마나 하게 된다
인간의 죄도
사람의 꾸정물 같은 철학과 도덕으로는 안 된다
주님의 보혈로 씻어야 한다

---

222) 설거지하려면.
223) 더러운 물.
224) 설거지할 그릇.

59. 건더꿀로

오랜 기간
신앙생활 했어도
말씀도 안 보고
시붕거리기[225]만 하고
골방에서 기도도 별로 안 하고
봉사도 없고
속창시[226)에서 나온
회개의 믿음이 없으면
건더꿀로[227) 교회 다닌 것이제

---

225) 쓸데없는 허언.
226) 창자.
227) 건성건성.

60. 불짜시럽네

장에 가는데
지게에다
이것저것
다 매달아 놓으면
보기가 불싸시럽다[228]
간단하게 하고
단단히 묶어야
지게지고 달릴 수 있지
야곱도 불싸시런 것은
벧엘에서 청산하고
고향집에 갔어라우[229]

---

228) 거추장스럽다.
229) 갔다.

IV. 역불로

61. 역불로

냇가를 건너가는데
역불로[230] 돌멩이를 던져
물방울을 옷에 적시게 하는
작은 놈[231]은
부잡스럽기[232]가 말할 수 없제
그런데 말이세
고것은[233]
완숙되지 않는
그리움과 호기심의
돌출
표현이었당께[234]

---

230) 일부러.
231) 둘째 아들.
232) 주변이 산만한.
233) 그것은.
234) 돌출 표현이었다.

62. 딱대

성[235]이 크냐
작은 놈[236]이 크냐
딱[237]대봐
허천나게[238] 밥은 먹어도
키는
왜! 안 크냐

---

235) 형.
236) 둘째 아들.
237) 아주 가까이.
238) 정신없이.

63. 빼다지

진귀한 보물들이
빼다지[239] 깊숙한 곳에
몰래 숨어있다

마음 속 깊이 숨어있는
빼다지를 열면
어떤 보물이 나올까

마음의 빼다지에
주의 영이
있어야
부활할 수 있당께[240]

---

239) 서랍.
240) 있(어)다.

64. 쇳때

절망은 필요의 어머니
믿음으로 사는 사람은 더욱 그러하다
마라의 쓰디쓴 물을 해결할
방도[241]가 옆에 있는 나무였다
인생의 고난을 해결할
쇳때[242]도 옆에 있다
아니 네 가슴 속에 있다
해결사
예수그리스도

---

241) 방법.
242) 열쇠.

65. 공곳

염분에 절여진 음식 과다 섭취는
피가 엉켜지고 혈액의 속도도 느려져
피부에 염증이 생기는 공곳[243]이 노랗게 피어난다
공곳에 고생하는 사람들 들어봐
공곳은 짠 음석[244]을 많이 먹으면 찾아오는 손님들이야

---

243) 뾰루지/작은 종기.
244) 음식.

66. 꺼적

비를 가려주고
사람을 가려주고
어디서나 덮어주고
깔아주는 어머니 같은 꺼적[245]아
너는
밑바닥에 앉아
만물을
섬기는 참신앙의 모본이다
꺼적대기야

---

245) 짚이나 보리짚으로 만든 가리개.

67. 덕석

태양을 받고 말려야
곰팡이가 슬지 않는다
만물을 이롭게 하면서
자신은 모든 짐을 짊어진
덕석246)이여
긴 장마 습기와의 전투
나보다 남을 섬기는
낮아지면서 품어 안은
포용의 덕석이여

---

246) 짚으로 엮어 만든 멍석.

68. 베까테

우물 안의 개구리가 되어
살아가기 보다는
베까테[247)]가 얼마나 넓은지
젊어서 고생은 사서도 하제[248)]
베까테 나가서 세상 견문 넓히고
젊은 시절은
쉬이 가니
마음을 다잡게

---

247) 밖에.
248) 한다.

69. 뻐치다

하루 종일 쟁기질
지게질하고 나면
저녁 먹기 바쁘게
뻐쳐서[249] 잠이 든다
뻐치게 일해봐라
수면제가 필요없다

---

249) 힘이 들어서/피곤해서.

70. 갓집

갓집[250]은 식당이다
갓집은 창고다
갓집은 황토찜질방이다
갓집은 보물창고다
갓집은 인심의 향배를 가르는
마술주머니이다
갓집에서 표가 나온다

---

250) 호주머니.

71. 골박

도토리 나무를
올라가지 말도록
그토록
말렸건만
만용을 부린다
계속 가느다란
가지를 용감한 척 붙잡고 가다가
뒤로 물러설 수 없게 되었다
순간
정신을 잃어
바위 위로 떨어져
골박251)이 터져
사경을 헤매다가
용케도 살아남았지만
얼굴엔 흉터로 남아있다

죄의 흔적도
고통으로 찾아와서 괴롭힌다

---

251) 머리.

72. 폴쎄

코리안 타임이
익숙하기도 전에
습관은 이미
생활문화를
점령하고 말았다
차 시간이 정해져 있지만
먹을 것 다 먹고
달려가면
폴쎄252)
차는 가버리고
한다는 말이
왔따253) 요새254) 차는
어째 그렇게
빨리 온당가255)하고
이시렁256)하게 집으로 오는
그 머이마257)

---

252) 이미/전에/진즉.
253) 뒤에 말을 꾸며주는 것.
254) 요사이.
255) 오는가?.
256) 힘이 없이 푹 처져서.
257) 사내아이.

해찰부리지 말고

73. 애만

힘이 없으면
애만[258] 사람만 고상[259]한다
권력이 없으면
먼지 털어도 안 나오는
애만 사람이
뉴스의 먹잇감이 된다

---

258) 애먼/엉뚱한/억울한.
259) 고생.

74. 꼬줌마리

꼬줌마리[260]가 내려가면
사람이 칠칠[261]하게 보인다
아따
그
하납씨는 지게지고 다니면
빤쓰[262]도 없어
보기가 민망하당께

남편은 허즈밴드 혁띠다
느슨하게 되면
속살이 다 보여
구경거리가 된다

---

260) 팬티 위의 고무줄 부위/혁띠 바로 밑/허리춤.
261) 단정하지 못함.
262) 팬티.

75. 비낀데기

보리타작하고
모내기하고
뻗쳐서[263]
밥맛이 없을 땐
비낀데기[264]라도 해서
먹어야
입맛이 살아난당께[265]

---

263) 피곤해서.
264) 살짝 데쳐서 껍데기 벗겨서 먹는 생선(생선 이름은 '박대').
265) 살아난다니까.

76. 비쭈께

가마솥에 센 불을 때고 나면
타는 듯한 구수한 냄새
정제²⁶⁶⁾를 날아다니면
운수 좋은 날 중에 하루가 문을 연다
솥뚜껑을 열자마자
향기로운 누룽지의 기도 소리
이별에 서러움을 아는지
본드처럼 철벽같이 붙어있다
냉혹한 비쭈께²⁶⁷⁾는
빡빡 긁어서
성님²⁶⁸⁾ 한수저
누나 한수저
향긋함에
가슴 설레던
비쭈께와 누룽지

---

266) 부엌.
267) 전복 껍질.
268) 형님.

해찰부리지 말고

77. 뻘떡기

갯펄에 물이 빠지고
개흥에 시냇물이
고운 노래부르며
내려오면
혈관을 돌아다니는 혈구처럼
개펄의 사지에 신선한
생수를 공급한다
뻘떡기[269]는 좋아라
마냥 춤을 추며 돌아다니다가
지나가는 객에게
잡히게 되니
몸 편할 때 위태로움을
잊으면 안된당께[270]

---

269) 꽃게.
270) 안된다니까.

78. 뽈떼기

지게질하고
쟁기질하고
배가 출출할 때
상추이파리와 고추 된장
고놈[271]에다 마늘 한조각에
보리밥을 한뽈데기[272]
먹고
시원한 막걸리 한잔
걸치고[273] 나면
황제의 반찬도
이보다 맛있을 순 없제[274]

---

271) 그것.
272) 한입 가득히.
273) 마시고.
274) 없지.

79. 갸짐이 미여지겄소

장마가 지속되면
출출한 뱃속은
응원군을 기다린다
오늘은 산에 가는 날
먹을 것이 필요하다
갸짐[275]이 미여지도록[276]
볶은 보리를 갸짐에 넣고
가면
후방 군수지원은 만점이다

---

275) 호주머니/포켓.
276) 터지도록.

V. 영글다

80. 영글다

수수 조 나락은
가을에 햇빛을
잘 쬐야 영글어[277)]지고
자신의 가치를
드러내어
존재를 확인한다
믿음으로 사는 사람은
말씀을 먹어야 영글어진다

---

277) 토실토실.

81. 허천나게

반지락278)을 캐고 나면
뱃속이 꼬르륵
산테미279)에 이고 온
보리밥을
허천나게280) 먹어댄다
장부의
먹거리 보약은
배고픔 일 진져

---

278) 바지락.
279) 대, 싸리, 버들 따위를 재료로 하여 바닥은 둥글고 촘촘하게 엮어 만든 그릇.
280) 정신없이.

82. 째뿌닥

개가 째뿌닥²⁸¹⁾을 내밀고
밤송이도 까먹고
탱자 같은 준치 빼따구²⁸²⁾도
순식간에
피 한방울 안 나고
다 먹는 재주
희한한 그 동작
어디서 온 것일까

---

281) 혓바닥.
282) 뼈.

83. 사분수

나가기만 나가면
일을 저지르고 오는
사분수[283]가 있다
그놈의 대가리[284]는
뭣[285]이 들어있어서
그렇게
사분하냐

---

283) 사고통(말썽꾸러기).
284) 머리.
285) 무엇.

해찰부리지 말고   104

84. 뒷까끔

환상을
안겨주던 뒷까끔[286]
외롭고 허전할 때
말 없이 팔 벌리고
안아주던
낭만과 추억의
어머니 어머니
뒷까끔

---

286) 뒷동산.

85. 군불

새벽에 찬 이슬
오뉴월 여름 장마에
눅눅하게 놓아두면
곰팡이가 찾아온다
칙칙한 냄새
눅눅한 습기
초록 검정 하얀
곰팡이를 몰아내는
군불287)의 용맹함이여
성령이 임해야
죄의 습성을 제거할 수 있다제

---

287) 가마솥에 물만 넣고 방이 따뜻하도록 아궁이에 불을 지피는 것.

86. 꺼렁지

꺼렁지[288]는 요샛말로 하면
포크레인의 입이다
꺼렁지가 있어야
아궁이가 깨끗하게
목욕할 수가 있다
꺼렁지는 뒤치다꺼리의 명수다

---

288) 부엌 아궁이의 재 담는 짚으로 엮은 도구.

87. 찌럭찌럭

짚세기 신고
하얀 중우적삼 걸치고
살기[289] 편할 때는
가뭄이 한창
기승을 부릴 때이다

장마철이 오면
땅바닥이 온통
찌럭찌럭[290]하여

하얀 모시적삼은
입을 팔자가 아니랑께[291]

---

289) 살아가는데.
290) 질퍽질퍽.
291) 아니라니까.

88. 야지랑

아침 안개는
인생을 말하고 있다
해가 비치면 사라져 버리듯
사람도 인연이 다하면 어디론가 사라져 버린다
진리가 아닌 것은 세월이 지나면
온풍에 눈이 녹아내리듯
사라져 버린다
안개 같은 세상살이
남의 일에
야지랑292) 떨지 마소

---

292) 상관도 없는 이야기를 너무 많이 함.

89. 해차리

어머니의 호소는 항상 간결하다
게으름은 슬픈 사연을 잉태한다고
젊을 때는
고생도 사서 하는 법이니
무슨 일을 하든지
맡겨진 일들은
해찰부리지[293] 말고
열심히 하라고

---

293) 게으르지.

90. 샘바꿈

살림살이를 연습하는
샘바꿈[294)
어릴 적부터 연습하는 것은
살아가는데 보약이 된다
요새[295)
가시나[296)들은
즈그[297)들이 아까운 것도 모르고
다
버린당께[298)

---

294) 여자 아이들이 사금파리 가지고 엄마 놀이 하는 것.
295) 요사이.
296) 계집아이.
297) 저희들.
298) 버린다니까.

91. 나뿌닥

어머니의 교훈은
불멸不滅이다
수건으로 나뿌닥[299]을
빡빡 문지르지 마라
고운 얼굴도 벌겋게
염증이 생겨
이쁜[300] 얼굴 망가지니

손바닥으로 나뿌닥을
토닥토닥 때리는 게
최고야

---

299) 얼굴.
300) 예쁜.

92. 품아시

벼 타작하고 보리 타작할 때
일손이 달리는 계절이 오면
일꾼 구하기가 하늘의 별따기

모 심고 보리 심고 타작할 때
품아시[301]를 해야
어려움이 덜 하지
경제의 불멸이다

---

301) 오늘은 나랑 너희 집일 같이 하고, 내일은 우리일 같이 하는 것.

93. 끄떡하믄

친한 사이라도
예의범절이 있어야 한당께[302]
시도 때도 없이
끄떡하믄[303]
찾아와서 놀기만 하면
가난이 꼬리를 물고
찾아온당께[304]

---

302) 한다니까.
303) 시도 때도 없이.
304) 찾아온다니까.

94. 긍께

좋은 말
궂은 말
다하고 나서
긍께[305]
내가 한다고 했지야
얼척[306]없다야

---

95. 막두

호랑이와 토끼
쥐와 고양이
피로 얼룩진 숙명의
위계질서
죄의 씨앗이 잉태하여
그 후유증인 고난과 절망
질병과 사망
어찌할 수 없는
고통의 인간사이지만
친절과 사랑의 긍정의 씨를
뿌리면 사막 같은 세상도
오아시스로 변할 수 있어
막두307)같이 불친절하면
오던 사람도 가버린다

---

307) 무뚝뚝하게/말이 통하지 않음.

해찰부리지 말고   116

96. 뜨건 물에 디쳐 불고

뜨건[308] 물에 디치면[309]
몸에 상처가 오래간다
이 약 저 약
다 써 봐도
헌데가 생겨 고름이 줄줄 흐른다
하도하도 힘들어서 눕지도 못하는데
알로에 베라를 몸뚱아리[310]에
붙이고 잤더니
꼬돌꼬돌[311]해져서 살만하게 닷제[312]

---

308) 뜨거운.
309) 데이면.
310) 온몸.
311) 습기가 많던 것이 건조된 상태.
312) 되었다네.

97. 후제

내일을 기약하고
나의 임은
외로운 미소
이슬 같은 눈물을 뿌리고
후제[313]를 기약하며
떨어지지 않는
발걸음을 옮겼다니까

---

313) 다음에.

98. 한삐짝

질주하는 차량들
돼지 눈처럼 시뻘건
눈을 하고
고속도로를 질주한다
트래픽이 심하다
한삐짝[314]으로 가면 될 터인데
가운데로만 가고 있어
위태롭다
배려하는 것은 위대하다
한삐짝이 필요한 이유이다

---

314) 한쪽/구석진 곳.

99. 띵게불다

믿음으로 사는 사람들은
세상의 영화를
띵게버리는[315)
외골수의 목표를
가진 사람들이다
아브라함과 이삭과 야곱은
에녹 므두셀라 노아처럼
약속을 믿는 거물들이었다
세상의 변화를
이끈
불세출의 영웅들

---

315) 던져버리는.

100. 포도시

1점 차이로 포도시[316]
국가고시에 합격했다
1점은 수험생에게는
하늘과 땅 차이를
경험하게 한다
포도시 1점 이상으로
커트라인을 통과하였지만
그 결과는 승과 패의
갈림길을 만든다

---

316) 겨우.

저자소개

시인 설영익은 수필가이며, 가수이자 작사자이다. 또한 서예작가이면서 화가이기도 하다. 호는 평담平潭, 심원深元, 무념無念 등이다. 월간 흔맥으로 등단하였으며, 한국문인협회, 국제Pen클럽협회, 서울문학, 재림문인협회 등에서 활동하고, 종합문예지 서울문학시낭송협회회장으로 있다. 남북화합시낭송대회장과 한국보완대체의학 시치유 및 문학치유회장으로 활동하고 있다.

'님의 침묵' 제14회 전국서예대전에서 작품 '추우'로 대통령상을 수상하였다. 충무공이순신 문학상 전쟁부문 시 대상과 제5회 청향문학상, 제10회 도전한국인 사회공헌상과 한국전문언론인협회 사회공헌상을 수상하였다. 그는 전통무술연구가이다. 동아시아 해상강국이던 백제무술을 연구하여 현대의학과 접목하여 새로운 건강체조인 정법도 체조를 보급하고 있으며 현재는 세계건강택견연맹회장으로 활동하고 있다.
삼육대학교에서 물리치료와 사회복지학을 전공하였고, 전북대학교대학원에서 경영학을 수학하였으며, 옥스퍼드대학교에서 경영학 과정을 연수하였고, 태국 치앙마이국립대학에서 자연치유학을 연수하였다. Phillipines시립MakatiUniversity대체의학대학원에서 대체의학 박사 학위를 취득하였다.

자연치유 연구를 위하여 자연농업연구와 자연류 무술의 실천을 30여 년 동안 하였다. 동학東學, 도가道家, 불가佛家, 무가武家, 대차력 등을 수련하였고, 원광대학교대학원에서 기공학과 기학을 전공하여 <동학수행론> 연구로 철학박사 학위를 취득하였다. 경희대학교 체육대학원, 경기대학교 대체의학 대학원, 고려대사회교육원, 삼육대학교, Phillipines Romalinda University에서 인생을 20년 젊게 하는 자연치유대체의학과 건강택견을 중심으로 보건복지분야를 강의하였다. 40여 권의 저술과 17권의 시집과 함께 건강택견체조를 한류 건강 상품으로 만들어 세계로 보급하고 있다.

백월 설진석(제호/표지/글)

약력
* 한국 서예/미술대전 초대작가
* 한국 서예 협회 진도지부장
* 진도군 노인 전문 요양원장

토담 설인수(그림)

약력
* 대한민국 문인화 대전 초대작가
* 대한민국 문인화 대전 심사위원
* 전남 도전 초대작가 엮임
* 전남 도전 심사위원 엮임
* 남농 미술대전 심사위원 엮임
* 회원전, 초대전 50회
* 현) 문인화 대전 이사

해찰부리지 말고

초판 발행일자: 2024년 3월 11일

* 저자: 설영익
* 제호: 설진석
* 그림: 설인수
* 본문편집: 김수경, 김아영
* 북디자인: 김아영
* 출판사: 도서출판 아트하우스 (대표: 채말녀)
        주소: 서울시 성북구 보문로34다길 56 201호
        Tel: 02) 921-7836, Fax: 02) 928-7836

ISBN 979-11-6208-056-6

정가: 15,000원